1781

Walter Helmut Fritz

Das offene Fenster

Prosagedichte

Hoffmann und Campe

Die Deutsche Bibliothek – CIP-Einheitsaufnahme
Fritz, Walter Helmut:
Das offene Fenster : Prosagedichte / Walter Helmut Fritz.
– 1. Aufl. – Hamburg : Hoffmann und Campe, 1997
ISBN 3-455-02312-6

Gesetzt aus der Janson
Satz: Dörlemann Satz, Lemförde
Druck- und Bindearbeiten: Clausen & Bosse, Leck
Printed in Germany

Nicht im Schreiben liegt die Schwierigkeit, sondern darin, so zu leben, daß das zu Schreibende ganz natürlich entsteht.

Philippe Jaccottet

Zu unserem Leben gibt es ein Schwesterschiff, das einen ganz anderen Kurs steuert.

Tomas Tranströmer

Biographie

Es krabbelt über den Boden. Es lallt, es kräht, es stammelt, es spielt, es stutzt, es schreit. Es tappt umher. Seine Lenksamkeit, sein Jähzorn, seine Schliche, seine Freude an rollenden Eisbuden. Es wird eine Plaudertasche. Es wird ein Hauptdarsteller. Später wird es sein größter Wunsch sein, den Gaurisankar zu besteigen.

Steinigung

Es gab die Schatten der Fördertürme, den Krieg, die Geschichte der Kohle, die Auswanderung der Freunde. Er blieb – im Grenzland mit seinen Kanälen, Manufakturen, Tongruben, bienenstockähnlichen Brennöfen. Daß etwas besser werden kann, war für ihn ein Gerücht. Es galt, sich zu behelfen. Immer vorhanden der Sog der Lethargie. Einmal überfiel ihn das Wort Schokoladenseite. Oft empfand er das Leben als Steinigung. Aus den Lautsprechern hörte er Parolen und Lippenbekenntnisse. Hoffnungen waren klein und kostbar. Er starb an seinem Geburtstag.

Schaut er in ihre Richtung?

Virginia Woolf schließt die Tür und liest in einem da und dort schon eselsohrigen Buch das Leben des Mannes, dessen wachsame Trauer sie mag; ist aufmerksam auf das, was ihr aus der bald vierhundertjährigen Entfernung zugetragen wird; merkt, daß er keinen Hausgötzen hat, sich Augen und Ohren nicht verkleben läßt. Sie meint zu erkennen, daß er in ihre Richtung schaut, sich aber kurz danach zur Seite wendet, als höre er von dort Stimmen. Mit welch ruhiger Bewegung blättert sie die Seiten um. Wie sicher wird sie in eine Welt gezogen, in der Erinnerungen, Gespräche und Geschehnisse rasch wie Schneeflocken aufeinanderfallen.

Wetterhart

Der Vulkan ist mein Freund, sagt der Bergführer. Ich bin der letzte auf der Insel. Alle anderen sind gestorben. Sie warten auf mich. Solange ich mich auf meine Knochen verlassen kann, werde ich hier heraufsteigen. Wenn es nicht mehr geht, werde ich mich in eine Ecke setzen und nicht mehr rühren. Dann schaut er hinab auf den Krater, Trümmer von Gestein, Schlacken, Asche; erzählt, was es nach dem jüngsten Ausbruch gegeben hat: Schwankungen des Luftdrucks, Wirbelwind, Schlammströme. Vorbei. Wetterhart seine Worte, sein Gesicht.

Verborgen

Oft kehrt er mit seinem Auto in die Nähe der Gärtnerei zurück, in der er gearbeitet hat, bis er alt war. Er parkt etwas oberhalb, so daß er die Anlage überblicken kann, Beete und Wege, Glasdächer und Geräteschuppen und die Scharen Helligkeit suchender Blumen. Das Gewesensein liegt über allem als Membran. Er schaut lange hinunter, deutlich wahrnehmbar hinter seiner Windschutzscheibe, und verborgen.

Erregende Ruhe

In seinem Haus in Villeneuve-sur-Yonne notiert ein Mann: Wenn Sprachen entwickelt sind, so ist die Leichtigkeit, sich auszudrücken, dem Geist nachteilig, weil kein Hindernis ihn aufhält … Wie immer wartet Joseph Joubert auf seine Sätze, bis er sich selbst mit ihnen überrascht, bis er den Worten einen Horizont und ein Echo gegeben hat; bis sie gastfreundlich sind; Saft, der sich trinken läßt. Er wird schreiben, bis sein Leben sein Leben geworden ist … Ein Sprühregen fällt auf den Ort, ehe die Wolken vom Himmel gehen. Eine späte Dahlie glüht. Das heimkehrende Pferd zuckt mit dem Fell.

Die Schaustellerin

Ihre Schwester hält sie für gefallsüchtig. Als Kind setzte sie sich auf ihr Schaukelpferd, um zu zeigen, wie unwiderstehlich sie war. Im Wohnwagen, auf dem Rummelplatz, auf der Kirmes ist sie aufgewachsen. Ihr Glück: eine Schaubude. Gegen den Vorwurf, eine Schwatzliese zu sein, kämpft sie. Nein, ihr Reden ufert nicht aus. Sie genießt die einfachsten Dinge. So hat sie Freude daran, wenn sie Wasser zum Kochen bringt. Was sie braucht, ist ein wenig Plunder. Aufgetakelt ist sie nicht. Jemanden, der eine Sonnenbrille trägt, bezeichnet sie als Gespenst. Ihr Mann hieß Floh, war seines Namens überdrüssig und stellte Antrag auf Änderung.

Da ist sie wieder

Ich saß vor einem Café, als der hochbetagte, stadtbekannte Philosoph zusammen mit seiner sommersprossigen Tochter und einem Schauspieler, der auch kein Springinsfeld mehr war, am Nebentisch Platz nahm. Ich verstand - in dem Stimmengewirr ringsum - wenig von dem, was sie, unterbrochen von häufigem Lachen, sprachen. Aber zwei Bemerkungen fielen mir auf. Die eine: der Tod sei eine Übertreibung. Die andere, eine Weile später: man müsse sich nur weit genug von der Erde entfernen, um sie plötzlich als seltsame Frucht an einem unsichtbaren Zweig wahrzunehmen.

Als eine Frau vorbeiging, die ihm auffiel, sagte der Philosoph so deutlich, daß sie es hörte und ihn kurz ansah: Was für eine schöne Frau. Dabei schüttelte er vor Staunen leicht den Kopf. Seine Freude machte ihm offenbar keine Angst. Er fuhr sich mit der Hand in den Kragen, um ein Blatt zu entfernen, das der Wind dorthin geweht hatte. Als die Bewunderte eine halbe Stunde danach wieder vorbeikam, sagte er, ebenso unüberhörbar wie zuvor: Da ist sie wieder, die schöne Frau.

Ein Windstoß

Die Schinder, Peiniger, Henker, die durch die Geschichte zogen, haben die Stadt verheert. Von ihrem Hohnlachen heute kein Mucks mehr. Stiller Roßmarkt. Über den Satteldächern der wiedererbauten Häuser eine Weite, die einem die Augen öffnet. Im Museum - eingeschlafen der Wärter - sind alte Hetzschriften ausgelegt. Dazu Brennlinsen aus Flußspat, Steinsalz, Bergkristall. An einem Tisch des »Römer« erzählt man von dem Zechpreller, der immer wieder - hinter den Resten der Festungsmauer, auf Feldern, in seinem Garten - nach einem Schatz gräbt, von dem er geträumt hat. Rasche Wolken, jetzt ein Windstoß, jetzt ein Regenguß. Der Spielmann, der von hier stammt, ist auf allen Weingläsern zu sehen.

Bis zum Ende des Fadens

Zuerst wirkte er wie ein Bruder Leichtfuß, der alles drunter und drüber gehen ließ. Er aß gern kandierte Nüsse, zeigte oft eine Schmollmiene, hatte eine Schwäche für Talismane. Heute höre ich ihn – es ist Jahre her – an einem frostklaren Tag am Flughafen vor seinem Aufbruch nach Afrika über die Täuschungen sprechen, denen er nicht beikam: seinen Eindruck, im Leben deplaziert zu sein; seine Wünsche, die jeweils nur kurze Zeit lebendig gewesen seien; sein Schwanken – er habe nicht genug Angst gehabt, nicht genug Mut, und immer sei alles auf des Messers Schneide gestanden. Schließlich meinte er, es bleibe ihm nur, bis zum Ende des Fadens am Entschluß zur Rückkehr festzuhalten. Er kam nicht zurück.

Wie spielt sie uns mit

Es ist Voltaires letzter Pariser Aufenthalt. Er sitzt Modell für Houdon. Wie läßt sich der Glanz der Iris einfangen, das Sprühen, das Vibrieren, der Schalk? Dabei hat Voltaire (ohne Anlaß, ohne Zusammenhang mit der Arbeit des Bildhauers) Augenblicke des größten Entsetzens. Welcher Abgrund entsteht durch die unzähligen Möglichkeiten der Selbsttäuschung! Selbsttäuschung, das Wort verläßt ihn nicht mehr. Wie spielt sie uns mit. Wie ernüchtert läßt sie uns, wenn sie durchschaut ist, zurück. Die Nachwelt wird sich darüber streiten, ob er in eine Toga oder in seinen Morgenrock gekleidet war.

Kindheit

Das Sprungseil, die Murmeln, die Stichlinge, das gemietete Fahrrad, der Lebertran und der Zucker danach, der Bleistift, den der Bäcker hinter dem Ohr trug und den sie geschenkt bekam, wenn er zu kurz wurde. Schlittschuhlaufen, Räuber und Gendarm spielen (der heimliche Wunsch, ein Zigeunerjunge zu sein), an Haustüren klingeln und davonrennen, in Bäume klettern, Drachen steigen lassen – herumtollen, wie es die Jahreszeiten wollten. Oft kam sie voller Schrammen, die Haare in Strähnen, mit blutenden Knien nach Hause. Der Großvater: Wie sieht das Kind wieder aus. Schnell das Jod. Wurden die Kleider zu knapp, bekamen sie neue Säume. Waren die Schuhe zu klein, schnitt man sie vorne ab und hatte Sandalen. Das schönste Ereignis des Jahres: die jungen Katzen. Sie wurden vergöttert. Den Kater mit seinem Silberblick nannte sie Lotosblüte. Es gab so viele Wunder, sie schützten, bewahrten, öffneten die Augen, Poren und Hände, rasch und für immer.

Sprungbereit

Die Felsformationen ihres Kontinents verstehen sie als Werke der Ahnen, die - wenn sie ihre Arbeit abgeschlossen haben - selbst in das Gestein eingehen. Gezeichnete Bilder sind darauf ein Hinweis. Daß Dinge und Wesen, immer sprungbereit, einander durchqueren, sich ineinander verwandeln (auch so vollziehen sich Kopulationen), bezweifeln sie nicht. Die Vereinigung noch in der Erosion zu erspüren verlangt alle Aufmerksamkeit. So nehmen sie teil an einem nie endenden Schauspiel. Selbst Waldbrände - als Raubzüge - gehören dazu, die Bereitschaft der Feuerwehren, ihre Löschversuche rasch aufzugeben, und der Blick der Echse danach.

Rast

In der fast leeren Autobahn-Raststätte schaut ein Mann in die Dunkelheit mit ihren vorbeihuschenden Lichtern. Er muß noch einen näheren oder ferneren Ort erreichen, muß daran glauben, daß ihm das gelingt, darf hinter dem Steuer nicht ermüden, ehe er – angekommen – die Tür seiner Wohnung oder seines Hauses öffnen kann. Er wird weiter vorhanden sein mit Organen, Antrieben, Nerven, Ahnungen und alles tun, um sich nicht lähmen zu lassen. Bevor er aufbricht, entnimmt er der hellen, schmalen Vase, die auf seinem Tisch steht, eine der drei kleinen Rosen.

Fünfundachtzig

Eine Woche vor der Reise beginnt sie mit schläfrigen Händen ihren Koffer zu packen. Heute die Wäsche, morgen die Blusen, die Schuhe. Trödeln! Mit offenem Haar. Dazwischen ist es am schönsten, noch einmal auf dem Jahrmarkt zu sein und Krapfen zu essen. Am Abend die alten Fotos, auf denen man nichts hört. Die Schaukel im Garten. Das erste Fahrrad. Die Kinder im Arm. Bald ist Krieg.

Nichts ohne sein Boot

Im Fernsehen sagt der Weltumsegler, er kenne Momente des Glücks und die Gegenwart des Unsichtbaren nur, wenn er auf Gedeih und Verderb – Kurs zu halten sei kein Kinderspiel – ganz allein zusammen sei mit seinem Boot und dem Meer, dessen Ruhe oder Sturzwellen. Natürlich sei er wurzellos, nicht selten auch von Schrecken, Halluzinationen und der Angst erfüllt, nirgendwo anzukommen. Aber die Rückkehr zum Land und zu den Menschen sei eine große Enttäuschung, er fühle sich dann sofort in einer Schlinge. Er sei nichts, nichts ohne sein Boot und das Meer und die Gefahr, abzudriften – und bei den Worten erfaßt ihn ein Weinkrampf, der ihn abbrechen und sich abwenden läßt.

Benommen

Giebel- und Traufenhäuser. Roter Backstein und weiße Fugen. Türoberlichter. Nun überall sich öffnende Schirme. Gehn wir ins »Posthoorn«. Es ist da lebhaft wie eh. In der Zeitung heißt es, Gegenwart sei nicht alles. Plötzlich steht der Freiheitskämpfer vor uns. Ohne Geusen, mutterseelenallein. Er hat sein Bündel geschnürt, scheint benommen durch die Verwerfung der Zeit. Ein Kind schreibt »Willem« an die beschlagene Scheibe.

Eine Feige

Der Obsthändler: wenn man in seiner Heimat einen Brunnen, einen Ölbaum, einen Weinstock und einen Feigenbaum habe, sei man reich. Besonders der Feigenbaum sei ihm lieb. Er stelle wenig Ansprüche an den Boden, brauche aber viel Wärme und Licht. Seine Stimme drang wie durch einen Vorhang von Heimweh und Erinnerung. Während er sich kurz unterbrach, kam seine sechsjährige Tochter hinter dem Ladentisch hervor und schenkte mir eine purpurblaue Feige, drückte sie mir stumm in die Hand, eine reife Frucht, eine Welt.

Ablenkung

An einem Apriltag begruben sie ihren Kater zwischen blühenden Anemonen, in der Dämmerung (die Sonne war am Einschlafen), am Waldrand, in der Nähe eines offenen, seine Eingeweide darbietenden Stamms. Jetzt kann er die Vögel hören, sagte sie, jetzt können wir ihn besuchen, wenn wir spazieren gehen. Er hat es wenigstens gut gehabt, er wurde geliebt. Nichts ist mehr, wie es vorher war ... Die Ärztin hatte ihm eine Spritze gegeben, weil er schon Untertemperatur hatte und die Galle nicht mehr arbeitete. Er wäre sonst erstickt ... Der Wind drehte sich. In der Ferne, durch den Schauer der Blätter hörte man einen Zug. Eine kleine Ablenkung.

Eingerollt

Von den vier Männern, die zusammen zu Mittag essen, unterhalten sich drei. Der vierte hört zu, schaut von einem zum andern. Keiner richtet eine Frage an ihn. Nach der Vorspeise legt er seine Hände nebeneinander, dann aufeinander, schaut auf die Uhr, scheint erleichtert zu sein, als der Ober die Teller abräumt, nachher den Hauptgang bringt und Wein nachschenkt. Eben hat er sein Glas abgesetzt, hat wieder einen Bissen genommen, da fragt ihn einer der andern etwas. Er schüttelt den Kopf, vielleicht, weil er gerade kaut, vielleicht, weil nicht mehr zu einer Antwort nötig ist, vielleicht, weil er heute das stolpernde Sprechen nicht erträgt, das auch ihm sonst zur Gewohnheit geworden ist. Er hat sich eingerollt.

Zeugen

Auch die lange Trockenheit war nur ein Durchgang. Nach Jahrzehnten schlägt der Regen zum ersten Mal auf den ausgedörrten Boden und weckt die Samen, die geruht haben, mit seiner Kraft. Kaum ist er aufgeschluckt, beginnen Tausende von Pflanzen zu keimen, zu sprießen, sich Bahn zu brechen, zu blühen, werden in kurzer Zeit - alle in ihrer besonderen Gestalt - Zeugen eines Wandels, der jede Entkräftung im Nu überwindet. Plötzlich gibt es dank andauernden Mangels, dank Abwesenheit von Feuchtigkeit, dank scheinbarer Unfruchtbarkeit die Staunen erregende Wiederkehr eines rätselhaften Ritus: des Reichtums der Erscheinung.

Es saugt die Zukunft an

Eukalyptus-Bäume, vor Tagen waren sie sturmgepeitscht, geben dem Platz Schatten. Sie erscheinen wieder auf dem Blatt des Malers. Das Mädchen, einen Korb am Arm, weicht einem Motorroller aus. Seitwärts lauert und döst die Natter. Der Kellner deckt Tische im Freien, aufmerksam auf das Kommen und Gehen. Vor dem Neubau, an dem heute nicht gearbeitet wird, der aber noch von einem Gerüst umgeben ist, steht eine Frau in gelbem Kleid mit dem Blick zu der Eingangstür. Sie kann – wenn dies das richtige Wort ist – sich daran weiden. Sie kann die Risse sehen, die das Haus haben wird. Es saugt die Zukunft an.

Nach dem Sturz

vom Fahrrad liegt er seit Tagen im Koma. Sie wacht, fällt in Schlaf, nennt sich ein Irrlicht, will ihn nicht verlieren, wird Himbeeren pflücken für danach, liest Märchen wieder, um sie ihm danach zu erzählen, lauert am Telefon, spürt, wie das Leben sie weiterzerrt. Später sitzt sie wieder an seinem Bett in der Klinik, sieht durch das Fenster den Fluß, das Wasser ist nicht gefroren, das Wasser ist nicht verdampft, das Wasser ist Wasser geblieben.

Zu einer Grenze

In seinen Sätzen schneit es und friert, sind Hände blaugefroren, schwimmen Städte im Regen, fahren Menschen aus dem Schlaf, sind verschollen im theatrum mundi. Planetarische Nebel werden zu Katzenaugen. Er erzählte von Heuchlern, Mauerblümchen, Hätschelkindern, Hofschranzen, Einsiedlern; vom Karneval des Lebens; von einem Land, das noch keiner gesehen hatte. Die Romane, in denen er schrieb, was er schreiben und nicht schreiben wollte, in denen mehr geschah, als er voraussah, trugen ihn fort zu einer Grenze, an der er sich zum erstenmal wahrnahm. Sie bemächtigten sich seiner. In ihnen – bildeten sie einen Hinterhalt oder den Kreis, der in seinen Anfang zurückkehrte? – lebte und starb er.

Köder

Vor dem Bahnhof in Strasbourg schreibt ein Mann mit dem Zeigefinger Buchstaben in die Luft. Folie, murmelt er dabei vor sich hin. Er steht zwischen den mit Umhängetaschen, Tüten, Rucksäcken in Richtung Stadt gehenden, eilenden Menschen im Licht der Herbstsonne, die in Wolkenschleiern zerfließt. Eine Weile sieht er mit glasigen Augen einem Jungen nach, der eine leere Konservendose vor sich her kickt, einem andern, der eine Leiter wegträgt, dann wiederholt er sein Wort, das ihn wie ein Köder anzuziehen scheint.

Genet sieht Bilder von Rembrandt

Er reist ihnen nach. Eine zitternde Suche nach geheimen Verletzungen, einem Hauch von Güte, Malerei als Ausschweifung. Dabei merkt er, daß manche Bilder Wirbelstürme sind, die sich nur kurz in Schach halten lassen; daß Rembrandts Drama seine Wahrnehmung der Welt ist; daß er, vom Ruin bedroht, eine Wahrheit verfolgte, die vor ihm davonlief; daß er auch von den Toten anerkannt sein wollte. In einem Spiegel trifft Genet unvermutet seinen Blick. Ist es der eines andern? Ist es der seine? Gerötete Augen. Es fällt ihm schwer, sich wieder von ihnen zu entfernen.

Kairouan

I

In einer Ebene, nackt wie der Rücken der Hand, die arabische Stadt unter weißen Kuppeln, Straußeneiern gleich. So sah sie der Chronist mit ihrem Leben, das sich selbst verborgen war, mit Sattlern, Gerbern, Schmieden in den langen Marktstraßen.

II

Sie waschen die abgeschorene Wolle, trocknen und kämmen sie, färben die gesponnenen Fäden und weben und weben, bis in den entstehenden Mustern des Teppichs, der Zeit das älteste Pandämonium sie anblickt.

III

Die Frau, eine Hibiskusblüte im Haar, sieht am Morgen, begleitet von ihrer Ziege, nach den Folgen des Wolkenbruchs, als sie die Schalen von Stachelschnecken entdeckt, aus deren verwesendem Fleisch – so hat man es ihr erzählt – man einmal Purpur gewann.

IV

Vorbei an der zerbröckelnden Mauer; an dem Jungen, der die Ledermembran seiner Trommel schlägt; an Türen, denen blaue Hände aufgemalt sind, abzuwehren Verleumdung, Verfolgung, Tod; an der Werkstatt für Sahara-Sandalen vorbei schleudert ein Mann auf Krücken sich weiter.

V

Neben dieser alten Karte mit der Erde als Scheibe, umflossen vom Ozean, taucht jetzt geisterhaft der Kartograph auf, der einmal da war, zeichnete, in seinem Irrgarten nach Fingerzeigen suchte, ehe er starb, zurückwich ins leuchtende, afrikanisch klagende Dunkel.

VI

Erntezeit, Datteln. Bald hundertjähriger Baum, stille Überlieferung im Rücken des Hauses. Der Mann ausgezehrt. Im Handumdrehen ist er oben, hält sich mit der Seilschlinge am Stamm fest. Nah das Steppengesicht.

VII

Der Kamelhändler geht hinüber zu seinem Kleinlaster mit Allradantrieb, Fahrerhaus, Ladepritsche. Da springen ihn, er weiß nicht warum, die Augen seines Großvaters an, der durch Jahrzehnte in der Karawane mitzog, bis man ihn ohne Namen und ohne Schmuck unterwegs begrub.

VIII

Sie lieben die offene Feuerstelle in ihrem Hof, um die sie jetzt versammelt sind: die Eltern, die man verheiratet hat, als sie zwölf und vierzehn waren, ihre drei Kinder. Sie lieben die Flammen und die Träumereien, die davon hervorgelockt werden. Warum Feuer aufwärts steigt? Weil seine Heimat die Sterne sind. Es ist so, sagt der Mann.

Reglos

Aus dem grellen Tohuwabohu mit Piraten, Zollbeamten, Feuerschluckern und Verkündern aller Art, aus der beginnenden Dämmerung nähert sich ihr Gesicht - ein Lächeln? ein Trug? - ohne Furore zu machen. Was sagt es? Es preist die Rätsel, die sich vervielfältigen, die Liebespfade, das Fieber der Schlaflosigkeit, Selbstbewahrung und Hingabe, Einsicht und Blindheit und den Tod, der das Leben liebt. Das Gesicht Turandots? Es ist reglos, es schwindet.

Fast verschämt

gesteht er, daß er alte Grußkarten sammelt, daß er sie seit Jahrzehnten hortet – wie der Eichelhäher Eicheln sucht und sie als Proviant für den Winter versteckt. Grüße aus der Ferne seien ihm immer wichtig gewesen, ein paar Worte, scheinbare Nichtigkeiten, aber wenn man daran denke, daß sie alle aus einem irdischen Gastspiel kommen … Er zögert, erschrickt ein wenig über den Satz … Gut, halb seien solche Mitteilungen fadenscheinig, halb verwunschen.

Auf der Terrasse

über dem Fluß entsteht an diesem Sommerabend - durch den Wind, der von den Hügeln kommt - ein Brausen in den Platanen, das die Menschen, die ruhig sitzen, essen und trinken, plötzlich aufblicken läßt: das Mädchen, das seine Augen eben noch fest auf den Teller geheftet hielt; den Mann, der seine sprunghafte Erzählung gerade mit einem Lachen unterbrochen hat; die Frau, die eine Puderquaste aus ihrer Handtasche holt; die Kellnerin, die kurz stehenbleibt, das Lastschiff vorbeifahren und nicht vorbeifahren sieht. Unter der Dachrinne des Hauses arbeitet eine Spinne an ihrem Netz, einer zitternden Schrift.

Abend

Auf dem Tisch hat sich – mit seinen borstenartigen Fühlern – ein Nachtfalter niedergelassen. Dachförmig liegen seine Flügel an. Im Radio die Stimme eines Mannes: Er lebe wie ein Blinder. Draußen stehen in rascher Folge – eine flüchtige Heimsuchung – Blitze über der Stadt. Als das Gewitter nachher abzuziehen beginnt, kommt die Dunkelheit (wie die Stille) zu Kräften. Zwischen den Wolken gibt es erstes Sternenfeuer. Wer sagte, daß er bei dessen Anblick fliegen lernte?

Der Geologe

Seine Hände legt er um eine Tasse Tee, um die Wärme zu spüren. Er nennt sich einen Lebenswanderer, ist schmächtig und von zarter Gesundheit. Aber ungestüm und spitzbübisch, manchmal wütend, kämpft er für das, was ihm wichtig ist. Als Geologe weiß er, wie schwierig es sein wird, den geplanten Tunnel zu bauen. Zuviel Gestein ist noch nicht fest geworden, ist bröselig und von Wasser durchsetzt. Bei Bohrungen, fürchtet er, wird in ungeahnten Mengen Schlamm einbrechen. Er weiß noch nicht, ob man auf seine Warnungen hören wird. Stein hat für ihn, den die Flüchtigkeit der Dinge unablässig entsetzt, Magie. Einmal wollte er außerhalb der Zeit leben. Ohne Uhr hielt er sich vier Monate allein in einem südfranzösischen Höhlen-Labyrinth auf.

Auf seine Weise

erzählt das Zimtbaumblatt vom Ruhm des Bernsteins, der es eingeschlossen hat, so wie er Käfer einschloß, Vogelfedern, Schnecken, Spinnen, Krebse, Zeit und Schattenrisse. Bernstein? Sonnenäther, wilder Honig, Wachs der Waldameisen, Harz von Nadelhölzern? Brennstein, dunkle Energie, Lichtbildnerei. Das Wasser wiederholt den Namen, auch Tang, die Küste, Farben wiederholen ihn, das Braun, Gelb, Smaragd.

Genuschelt

Es war noch dunkel, alle schliefen, als der Fremde das Haus verließ, ohne eine Nachricht zu hinterlassen. Noch Jahre danach sprach man in der Familie von ihm. Er hatte wie ein Löwenbändiger gewirkt, war zugleich verliebt in alles Zerbrechliche. Auch an seine - genuschelte - Bemerkung erinnerte man sich, er habe oft etwas ganz Bestimmtes angestrebt, um dann, wenn er es erreicht hatte, mit Verwunderung, manchmal auch mit Bestürzung festzustellen, daß der Wunsch gar nicht so groß war, oder daß er, ohne es zu wissen, etwas ganz anderes gewollt habe.

Einem Steingesicht

im burgundischen Paray-le-Monial schließen zwei aus dem Hintergrund greifende Hände den Mund. Während man es anschaut, spürt man, wie es in einem erwacht. Es hat vieles aufgenommen; weiß, daß man sein Leben vorbereitet sein Leben lang; kennt Mühsal, Verwundungen, die Neigung, sich zugrunde zu richten; ist gelassen, aber auch geprägt vom Erschrecken über die weiter wirkende Kraft dessen, was dahinging. Seine weit geöffneten Augen mischen sich ein. Zu ihm gehört der Satz: Garde le silence, le silence te gardera.

Entsprechungen

Er zeugte ein Kind nach dem andern und sehnte sich nach Einsamkeit; schien die Ruhe selbst und hatte Mühe, seiner Unruhe Herr zu werden; wirkte oft heiter und konnte sich nicht von Schuldgefühlen befreien; zeigte viel Aufmerksamkeit für den Tag und stand mit dem Rücken zur Zeit; war von der Welt gefesselt und von ihr getrennt; liebte die Geschenke des Zufalls und glaubte nicht, daß es den gab; war umsichtig, zögernd oder unentschieden und traf überstürzte Entscheidungen; führte sein Leben ohne viel Aufhebens und meinte, das meiste verkehrt zu machen. Aber verdeckt, verborgen oder scheinbar zum Verschwinden gebracht von den vielen schwierigen Entsprechungen, gab es in ihm eine tiefe Freude, deren Glut er langsam entdeckte.

Chinesisch, achtes Jahrhundert

Da kommt sie, noch benommen von der letzten Woge des Schlafs. Aber sie ist schon mit sich im Zwiegespräch. Wie schön, sich auszufalten für den Tag und empfänglich zu sein. Sie trägt ihren blauen, bis zum Boden fallenden Rock, der mit vierblättrigen weißen Blüten besetzt ist, ihre Bluse, den Bolero darüber; setzt sich auf einen Schemel und schminkt sich. Ihr langes Haar hat sie nach hinten gekämmt und zu einem Knoten aufgesteckt. Sie ist gegenwärtig und abwesend, blitzt auf und verläßt den Raum in ihren kleinen, hochgebogenen Schuhen.

glühte, wenn man ihn anschaute. Er stand mit seinen wenigen Öffnungen und der Zeit, die in ihn eingeströmt war, in der Nähe des ausgetrockneten Flußbetts, war aus Granit. Auf der Schwelle ein Ahornblatt, durchlöchert, brüchig geworden, voll gelber und schwarzer Flecken und der Zeichnung der Wege von Larven. Im ebenerdigen Raum brüteten die Tauben in den Einbuchtungen, auf den Vorsprüngen der Mauer ihre Eier aus und erinnerten an den uralten Brauch der Inselbewohner, auf Schiffen die Tiere mitzuführen, um sie, wenn die heimatliche Küste in Sicht kam, auffliegen zu lassen – sie würden die Rückkehr verkünden.

Zarte Schrift

In der Stadt stieß ich heute auf mehrere Absperrungen; geriet in eine Sackgasse; kam an einer Schmierenbühne vorbei; einer Erdaufschüttung; sah einen Mann, der in einer Auslage ein Fleischerbeil anstarrte, dann pfeifend weiterging. Es gab den ersten Schneeregen. In einem alten Buch, in dem ich beim Antiquar blätterte, fand ich einen Zettel mit der Notiz: Seine Irrtümer ganz durchstehen, dann versteht man die Bewegung, die einen trägt. Es war eine zarte Schrift, auffällig durch die Haarstriche der Buchstaben. Durch das Fenster sah man auf eine blinde Mauer.

Ein Satz

Es gibt Lawinen- und Wildbachforschung. Der Student, der davon erzählt, stammt aus Innsbruck. Das Rokoko nennt er einen Hexenkessel. Er ist stolz auf einen Zeilenweiser, den er erstanden hat. Begeistert ist er von einem Satz, den er las: daß auf erträumten Meeren wirkliche Schiffe fahren. Daß seine Mutter, als er klein war, zu ihm sagte, er habe kein Herz, hat ihn lange verstört, blieb eine Kränkung bis heute. Hat er sich zu etwas geäußert, macht er eine Atempause. Er liebt die Arkaden seiner Stadt und ihre schmiedeeisernen Aushängeschilder. Wenn er einen anschaut, ist es, als niste sein Auge. Ein Glockenschlag belebt sein Gesicht.

Notiz der Landratte

Zu lange genarrt werden. Ohnmächtig sein vor der Kette von Verhängnissen. Das Faß der Danaiden zu füllen versuchen. Das Gefühl haben, falsch zu leben. Gerede ertragen müssen. Sich verirren, auch auf dem richtigen Weg. Sehen, wie sich die Dinge in Luft auflösen. Unentwegt zögern, ohne zu verstehen, warum. Auch so wird man seekrank.

Ahnungslos

Bei einer Begegnung im ausgedünnten Winterlicht nannte der Gladiator, redelustig wie er war, Hiob einen ausgemachten Glückspilz, der ohne Zähneklappern ins neue Jahr hinübersehen dürfe. Wie dick er aufträgt, wie er mich verhöhnt, dachte Hiob und fühlte sich wider Erwarten doch erleichtert, nein, neugeboren, ein wandernder Stein.

Flüchtiger Aufenthalt

November, seit Tagen Schnee, Ginstersträuche, so weit man sieht in der Abgeschiedenheit vor dem fernen Gehölz. Ehe der Weg sich verliert, plötzlich eine einzige gelbe Blüte, Schmetterlingsblüte, die sich rückhaltlos öffnet für einen flüchtigen Aufenthalt, sich täuschen ließ, ein wenig zittert, der Kälte preisgegeben, klein, doch nicht unscheinbar, ein Signal, das die Augen mitnehmen in den stärker werdenden Flockenfall.

Fünfziger Jahre. Bei Eva lernten wir aus dem Französischen übersetzen. Sie trug Rot und Weiß, liebte die Glut der Wüste und das Eismeer, Klatschmohn und Pflanzen, die sich von Nebel nähren; Schnee. In ihren Augen hatten sich Übermut, Schwermut und Besessenheit angesammelt. Was sie sagte, fügte sie ohne Übergang aneinander. Bezeichnete Vergänglichkeit als Schreckensherrschaft. Liebe brauche man, weil man sonst nicht mehr spreche. Ich hörte von ihr - und verstand die Lektion - keinen drapierten Satz.

In seinem Kokon

Der Mann am Nebentisch sieht hinüber zu der großen Baustelle mit dem Ballett der Kräne, dann schlägt er eine Zeitung auf, beginnt zu lesen und rührt dabei in seinem Kaffee. Die Luft wird von einem Ventilator in Bewegung gehalten. So flattern die oberen Enden der Blätter. Er zündet sich eine Zigarette an, hält sie etwas von sich weg, weil ihm der Rauch in die Augen sticht. Ob er sein Glück vor oder hinter sich hat, ob das Leben für ihn entwirrbar oder unentwirrbar ist: auch er lebt in seinem Kokon. Was ihn für einen Moment aufschauen läßt, ist der eben aus den Wolken springende Platzregen.

Lauter Fesseln?

Er hatte mehrere Grammatiken geschrieben und veröffentlicht, ehe er sich eines Tages fragte: Nur Vokale und Konsonanten? Nur erste, zweite und dritte Person? Nur Einzahl und Mehrzahl? Nur männlich, weiblich und sächlich? Nur drei Zeiten? Nur Aktiv und Passiv? Nur Imperativ, Indikativ, Konjunktiv? Sind es nicht lauter Fesseln? Und doch: wie sonst könnten wir sprechen?

Du blinzelst in die Kälte

Die Mistel, unverändert gefräßig, zeigt ihre glasigen Beeren. Dachse werden noch lange in ihrem Bau bleiben. Die starke, bemooste Wurzel der Buche am Hang liegt zum Teil bloß. Sie ist gieriges Leben, bewegt sich aber nicht fort. Dunkel, naß, von einer Schneewehe zur Hälfte erhellt, ist sie eine Lehrmeisterin, die uns anschaut. Ihre Verletzlichkeit ist, entgegen dem Anschein, groß. Sie befestigt den Baum und ernährt ihn. Ihre unterirdischen Haare nehmen das Wasser auf und die Salze. Und nun die Zweige. An ihnen erkennt man die Narben, die die Blätter hinterlassen haben, als sie sich am Anfang des Winters lösten. Darüber die neuen, unauffällig arbeitenden Knospen. Es kann sein, daß dir die Luft wegbleibt. Es kann sein, daß du ruhig wirst, weil nichts eine Antwort erwartet. Du blinzelst in die Kälte, in die Wirbel der langsam dichter werdenden Schatten. Das Haus am Ende des Wegs bekommt, wenn man sich nähert, Fenster.

Verschlossenheit

Die scheue junge Frau, die seit einer Woche die Post bringt, reichte mir ein Formular, auf dem ich zur Bestätigung unterschreiben sollte, daß ich die Sendung erhalten hatte. Sie habe die Ferien-Vertretung für einen Kollegen übernommen, sagte sie. Als ich ihr das Blatt und den Stift zurückgab, begann sie zu weinen, dann zu schluchzen. Auf meine Frage, was denn sei, schüttelte sie den Kopf, versuchte etwas zu antworten, was ihr aber kaum gelang. Ich glaubte nur die Worte »… daß niemand davon weiß« zu unterscheiden. Sie hatte sich schon umgewandt und ging rasch davon.

Erwartung

Die Dunkelheit mit ihren Abstufungen ist noch nicht ganz gewichen, nicht von der Wildnis der Dächer, Schornsteine, Fernsehantennen, nicht von dem Plakat mit dem Zirkusbären und seinem Wärter, nicht von der Rose, die im Rinnstein schwimmt, nicht von den Phantomen, die – in dieser Nacht – ihre letzten Auftritte haben. Aus einem Fenster des Hauses, das einmal Gefangene, dann Sieche und Waisen beherbergte, schaut ein Mann die leere Straße (nur der Schierling dort auf der Schutthalde ist nicht zu übersehen) hinauf und hinunter, bis sein Gesicht vom ersten kindlichen Sonnenlicht erweckt wird.

Im übrigen

Sie litt unter Magersucht, fand sich nicht hübsch, obwohl sie es war, fürchtete sich vor Übergewicht (sie wolle sich nicht ausgestopft vorkommen), prüfte oft ihren Bauch und ihre Schenkel. Sie hatte vor, Botanikerin zu werden, liebte von früh an Pflanzen, vor allem Birken mit ihren langgestielten, zugespitzten, leicht behaarten Blättern, ihren dünnbelaubten Kronen, der weißen Rinde. Es überraschte, daß sie zugleich von Schnelligkeit betört war. Sie wirbelte in der Wohnung umher, meist in Schwarz. Nächte waren für sie fremd, mit bösen Träumen beladen. Sie werde davon verwüstet. Im übrigen machte sie wenig Worte.

Nichts ist sicher vor ihnen

Er spricht von Gesichtern, die er einmal gesehen, bewundert, geliebt hat; dann von einem Nachbarn, der ihm als Bestie vorkommt. Er deutet auf die ersten rostigen Blätter an den Hecken. Seine Frau sagt, er sei ein Pfundskerl, nicht wetterwendisch, nicht spitzfindig, er hasse Ränkespiele, suche keine Sündenböcke. Heute erwähnt er die Wühlmäuse. Keine Grenzen kenne ihre Vermehrung. Denn, meint er nach einem Schluckauf, das Jahr war trokken. Nichts ist sicher vor ihnen, wenn sie begonnen haben, ihre Tunnel zu bauen. Die Wurzeln der Reben benagen sie, der Johannisbeeren, der Apfelbäume, schauen Sie, unsere Apfelbäume, gestern vom Wind zerzaust, heute so ruhig, der September will in Äpfeln reifen.

Knusperhexe

Der Zug verläßt den Bahnhof, passiert Wohnblocks und einen Fußballplatz. Später saugen sich Felder mit Regenwasser voll. Die Sonne ist heute stumm. Im Abteil sagt ein Mann zu seiner Begleiterin, das Dasein sei mangelhaft und brauche deshalb Ergänzung. Beginnendes Zwielicht. Ich schlafe, ich träume. Wer sitzt mir gegenüber? Die Knusperhexe. Sie hat auf einen Olivenkern gebissen und ein schon wackelnder Zahn ist dabei abgebrochen. Knusperhexe, wiederhole ich beim Erwachen. Ich komme durch eine dünne Wand, während im Wagen lärmende Kinder erscheinen.

Unsichtbares Orchester

Hörst du den Klang? Kennst du ihn? Er ist verschattet. Er ist von Fragen geformt. Genügte ein Nichts, um, was wir Welt nennen, entstehen zu lassen? Aus welchem Hintergrund? Aus welcher Ordnung? Aus welcher Verborgenheit? Fragen, nichts als Fragen. Klang, nichts als Klang. Fragen, vom Klang bewahrt. Unsichtbares Orchester.

Gehen und schauen

Manchmal besucht er Tibet; schreibt uns, was ihm zu Gesicht kommt: zerstörte Klöster; Hochlandseen, flimmernd vor Dasein; Tumult und Ruhe der Farben, denen das Herz zufliegt; Felsen, Eisfelder. Menschen erlebt er in ihrem Miteinander, dann Beieinander. Von vielem abgekehrt, versenkt er sich und fängt an zu verstehen, daß es Schutzgeister gibt. Gedanken vergleicht er mit scheuem Wild. Gehen und schauen sei die Art, wie man täglich zur Welt kommt.

Schriftsteller zu einer Tagung in Meißen

Gesellige Träumer, Unglücksraben und Spaßvögel, aus ihren verhexten Zimmern kommend, in denen sich Trugbilder und Triftigkeiten vermischten; wachhaltend die, die nicht mehr am Leben sind; auf Widerhall achtend; für Stunden die Kurzweil liebend; jetzt auf dem zur Stadt hinunterpurzelnden Weg, mit Aufmerksamkeit, dem Geschenk für den andern. Viele Lektionen, die jeder gelernt hat. Ein Aufhorchen; ein quirliger Austausch. Dann wieder kein Sterbenswörtchen. Sich Zeit lassen für Dinge, die da sind und noch nicht da sind. Wie immer gehen die Tage mit dem Ruck des Abschieds zu Ende und beginnen neu in der Erinnerung.

zieht Caitlin sich aus, springt auf den Tisch und tanzt. Den Abend hindurch - sonst bekommt sie ihn nicht zu sehen - hat sie mit Dylan wie immer getrunken, seine Geschichten gehört, die sie nicht glaubt. Er zerstört sich, sie weiß nicht, ob sie ihn liebt. Am nächsten Morgen wirft sie sich von der Hafenmauer in die Flut, schwimmt dem Horror, der bald wieder beginnt, für eine Stunde davon.

Mit freiem Blick

Hoch über der aufgerissenen Straße – eine Baustelle ist nah, ein Betongerippe – gleiten Vögel auf Windwogen der Krone der Kiefer zu, lassen sich nieder auf heftig bewegten Zweigen, lassen sich mit raschem Hin und Her des Kopfes, mit freiem Blick wiegen, fliegen auf und davon, um bald danach zurückzukehren, den Wipfel zu umkreisen und wieder einzutauchen in Geäst und Grün, sich dort kurz zu erholen von ihrem Flug, vor einem neuen Aufbruch. Was geschieht, zeigt und verbirgt sich zugleich. Es gibt ein Ruhen, ein Flattern, ein Haschen, ein Glänzen im zunehmenden Licht.

meint der Optimist, ohne Zweifel bewundernswert. Computer zeigten bald Sprachgefühl. Seit Jahrzehnten arbeite man an der Entwicklung einer Maschine, die Sprache versteht und sinnvoll antwortet. Alles werde dadurch einfacher, auch die Autos – das Projekt heiße Verbmobil – ließen sich bald durch Worte steuern. Ein neuer Königsweg! Rasch würden vergessen sein: die Unsicherheit beim Sprechen, das Zögern, der Geschmack der Laute, die Seufzer, der prahlerische, pikierte, schroffe oder beschwichtigende Ton, das Gemurmel, die Dialekte, das Räuspern, die Ausrufe, Füllwörter und abgebrochenen, mehrdeutigen Sätze. Ihrer Kleingläubigkeit überführt seien alle Skeptiker mit ihren altmodischen Fragen, beschämt alle Spötter.

war da das Lokal, war der Mann, der hereinkam, sich an einem der großen Tische niederließ; die Wirtin, die ihn bat, er möge sich an einen der kleinen setzen, bald würden mehr Gäste kommen, für sie wolle sie die großen freihalten; das Schimpfen des Mannes: das Lokal sei doch halbleer, er habe immer gearbeitet, aber kein Glück gehabt, jetzt habe er das Recht, an diesem Tisch zu sitzen, in fünfzig Jahren sei niemand von den Anwesenden mehr da. Warum sollte man sich das Leben also sauer machen? Aber noch während er sprach, begann sich – wie der Traum es für richtig hielt – aufzulösen, was da war, und der Wald, der in den Menschen wächst, breitete sich aus, lautlos, dicht und undurchdringlich.

Was er hervorbringt

Bald - wir nehmen an, es ist so - endet die Nacht. Ein Schimmer von Licht kündigt an, was sichtbar sein wird. Dann erscheint der Berg. Erkennst du Shiva, der darauf tanzt? Was er hervorbringt, ist der Zeit verfallen, hat einen Namen. Er zerstört es, damit es wieder namenlos wird; damit außer Atem nichts bleibt. Der Tag steigt und lacht uns an.

In einem Spiegelkabinett

Von einem Augenblick zum andern, aus dem Stegreif, und obwohl ich wußte, daß es vielleicht ein zweischneidiger Versuch war, sagte ich zu ihm: Geh, laß mich in Ruhe mit deiner Kumpanei; deiner Neigung, etwas auf die leichte Schulter zu nehmen; etwas nicht wahrhaben zu wollen; dich mit einer Schwierigkeit rasch abzufinden, um einer anderen zu entkommen. Er sträubte sich, fühlte sich verunglimpft. Natürlich machte ich mir Vorwürfe, daß ich so lange gebraucht hatte zu dem Entschluß, mich von ihm zu trennen. Ob es gelingen würde, blieb freilich ungewiß. Es war ich selbst, den ich loszuwerden suchte.

Ausgleich

Ermüdung, Erschöpfung, Schlaf. Vermindert der Puls, Atmung, Stoffwechsel, Wärme. Unwillkürlicher die Reflexe. Ungereimtheiten vergessen, Lachen und Weinen verstummt. Träume von Trockentälern, Brandungen, Dunkelkammern; Träume von jemandem, der Trauer trägt, eine Scheibe freiwischt, sich zu einem Gesicht beugt. Begegnungen, Wege im Niemandsland. Welche Entäußerung, welcher Ausgleich vor der Rückkehr.

Schnell wie ein Kiebitz

durchquert ein Mann die Stadt, sieht unter der täglich neu geborenen Kaskade von Oleander eine Frau, die ihr Kind neckt, das vor Freude gluckst; trifft einen Bekannten, der neuerdings glaubt, das Orakel der Welt zu sein; kommt an einem Laden voller Zwiebel-Girlanden vorbei; zieht sich schließlich in sein Haus zurück, das sich mit Büchern füllt und in dem er unermüdlich, ungeduldig und doch dankbar für jede Schwierigkeit nach dem Lebenselixier sucht.

Es dauerte

dauerte Stunden, ehe alle Fragen gestellt waren. Beantworten konnte ich keine. Ich zuckte die Achseln, doch entgegen aller Erwartung beglückwünschte mich der Prüfer zu dem Ergebnis. Als ich das Gebäude verließ, sah ich aschfahle, kleinlaute, außer Atem geratene Menschen umherirren auf der Ebene, die bis zum Horizont von Toten bedeckt war.

Beim Umwenden

der wievielten Seite des Buches, beiläufig oder zögernd, während nichts zu geschehen scheint, während man sich die Zeit nichts kosten läßt, während man kurz innehält, kann man in Sichtweite seinem Leben begegnen, mit der Gleichzeitigkeit seiner Ereignisse, dem Schwinden seiner Schauseite, seinen Verfärbungen und Habseligkeiten, mit dem, was durch die Finger geronnen ist oder ganz neu wurde unter einem plötzlich hervorbrechenden Licht und Vogelschwirren.

Exotik

Zwei Frauen treffen sich nach längerer Zeit wieder. Die eine hat früher Heilpflanzen gesammelt. Ihr Gesicht ist zusammengesetzt aus Scherben. Sie sagt: Mein Mann hat mich verlassen. Keine Ahnung seither, was er tut, wie er lebt. Was mir bleibt? Mich zu Tod zu essen. Ein Leckermaul bin ich geworden. Die andere: Meiner ist gestorben. Ich weiß wenigstens, wo er ist. Ich denke, das ist eine Auszeichnung. Sie spielt mit einem Knopf an ihrer Jacke.

In seiner Werkstatt

Sein Leben nennt er bodenlos. Gebracht habe es ihm Verluste, Verluste, Verluste. Eine Hilfe ist ihm sein praktischer Verstand. Am liebsten arbeitet er in der Werkstatt. Wenn er sich selbst wahrzunehmen suche, könne er – es ist in seinen Augen eine Begrenzung, ein Defizit – nicht erkennen, wie die einzelnen Teile zusammenhängen. Das sei jedoch möglich, wenn er sich seinen Musikautomaten zuwende, etwa dem mit dem Gaukler, der Kopf, Brustkorb und Arme nach drei Seiten bewegt und mit einem Fuß den Takt schlägt. Wie froh ist er, wenn er ein solches Instrument zum Klingen bringt. So, sagt er, könne er leben.

Versiegelt

Als ich als Bibliothekar in Palermo lebte, schenkte mir ein Besucher eine alte, in ihren Umrissen unregelmäßige Münze. Man sieht darauf ein Viergespann im Schritt, mit einem Wagenlenker. Die Rückseite zeigt den Kopf der Arethusa in langem Haar, umspielt von vier Delphinen. Die Jahre in der herrlichen Stadt sind - mit allen Verkleidungen, Gesichtskreisen, Abschieden - in der Münze versiegelt. Die Gedanken daran kehren wieder gleich durstigen Tieren auf der Suche nach einer Wasserstelle.

Porträtaufnahmen

von Lotte Jacobi. Gesichter, die nicht aufhören zu fragen. Karl Kraus: sind Leidenschaften nicht die Hauptsache? Joachim Ringelnatz: begegnen wir uns nicht wie Gespenster? Alfred Kerr: müssen wir nicht unentwegt darauf achten, uns nicht ins Netz ziehen zu lassen? Regina Ullmann: werden wir je das Gefühl los, beraubt worden zu sein? Kurt Wolff: warum geschieht das meiste hinter unserem Rücken? Martin Buber: wozu sich aufs hohe Roß schwingen? Erika Mann: weshalb ist es so wenig selbstverständlich, nicht zerrissen zu sein? Alfred Döblin: was ist es, was in den Schatten des Vergangenen aufsteigt? Albert Einstein: der Unterschied zwischen dem, was ich sagte, und dem, was ich ungesagt ließ? Max Reinhardt: kann es gelingen, den Flitter ganz abzusaugen? Ludwig Greve, als er das Buch schickte: träumen sie nicht alle mit offenen Augen?

jäh zu verstehen, daß die Dinge sich voneinander unterscheiden. Auch wenn es scheint, als sei nichts natürlicher. Daß dieser von einer Küste mitgebrachte Stein, diese Vase, dieses Buch eine eigene Form haben, daß man sie berühren, umfassen kann und sie dabei ganz gegenwärtig werden; daß sich die von reifen Zwetschgen angelockte, schwarz und gelb gezeichnete Wespe in Ruhe wahrnehmen läßt; daß der Berg drüben von Licht gemeißelt ist – das alles kann ein Gefühl der Dankbarkeit entstehen lassen, das einem wie ein Tor ins Freie vorkommt.

Laternen

Gehört hatte ich von seiner Pfiffigkeit. Plötzlich stehen wir einander in Amsterdam gegenüber, reichen uns die Hand. Er in dreifacher Gestalt, als Erfinder der Feuerwehrspritze; als Maler von Städten, Dörfern, Architekturphantasien, einzelnen Häusern in weiten Landschaften; und als jemand, der seine Stadt liebt. Keiner braucht ihm zu sagen, was er tun soll. Heute wird man Jan van der Heyden nicht vor seiner Staffelei finden. Er wird der Stadtverwaltung schreiben, man müsse – weil bei Dunkelheit zu viele Menschen ins Wasser fallen, gar ertrinken – Straßenlaternen aufstellen, überall Laternen. Er macht eine Pause (man hört eine verklingende Laute), schaut mich an, sagt: das ist kein Irrwitz, stellen Sie sich ein Metallgehäuse mit eingesetzten Glastafeln vor. Die darin eingeschlossene Flamme einer Öllampe ist gegen Wind und Regen geschützt, Funken können nicht herabfallen. So etwas wird seine Früchte bringen, meinen Sie nicht? Er wendet sich um, entfernt sich, wird – mit seinem schwarzen Umhang und den Federn an seinem Hut – bald außer Reichweite sein.

Das offene Fenster

Das Fenster öffnet sich auf den neuen Tag, in dem viele Tage sind; auf einen Mann und eine Frau, die am Ufer entlanggehen; den Rhein, der auch befahrbar blieb, als das Land unter Eis und Schnee lag. Stromaufwärts, stromabwärts atmende Nähe und Fernsicht, die daran erinnert, Träume und Fluchtpunkte ernst zu nehmen. Das Wasser führt seinen Sand, seine Dunkelheiten und Lichter mit sich. Die Augen folgen einem der Lastkähne, von dem jemand herüberwinkt. Mit schwindelerregendem Leben zieht der Fluß fort wie das mörderische Jahrhundert, das sich auf und davon macht. Wellengeräusche. Wellenkämme, die nachglänzen und zerbrechen. Davor jetzt ein Rudel tobender Hunde.

Inhalt

Von Walter Helmut Fritz erschienen

Achtsam sein
mit einem Vorwort
von Karl Krolow
Gedichte, 1956

Bild und Zeichen
Gedichte, 1958

Veränderte Jahre
Gedichte, 1963

Umwege
Erzählungen, 1964

Zwischen-
bemerkungen
Prosa, 1964

Abweichung
Roman, 1965

Die Zuverlässigkeit
der Unruhe
Gedichte, 1966

Bemerkungen zu
einer Gegend
Prosa, 1969

Die Verwechslung
Roman, 1970

Aus der Nähe
Gedichte, 1972

Die Beschaffenheit
solcher Tage
Roman, 1972

Bevor uns Hören und
Sehen vergeht
Roman, 1975

Schwierige Überfahrt
Gedichte, 1976

Sehnsucht
Gedichte und Prosa-
gedichte, 1978

Gesammelte Gedichte
1979

Wunschtraum Alptraum
Gedichte und Prosagedichte, 1981

Werkzeuge der Freiheit
Gedichte, 1983

Cornelias Traum und andere Aufzeichnungen
1985

Immer einfacher
Immer schwieriger
Gedichte und Prosagedichte, 1987

Zeit des Sehens
Prosa, 1989

Die Schlüssel sind vertauscht
Gedichte und Prosagedichte, 1992

Gesammelte Gedichte
1979–1994

Hörspiele, Essays, Übertragungen aus dem Französischen (Bosquet, Jaccottet, Follain, Ménard, Vigée)